ANATOLE FRANCE

BALTHASAR

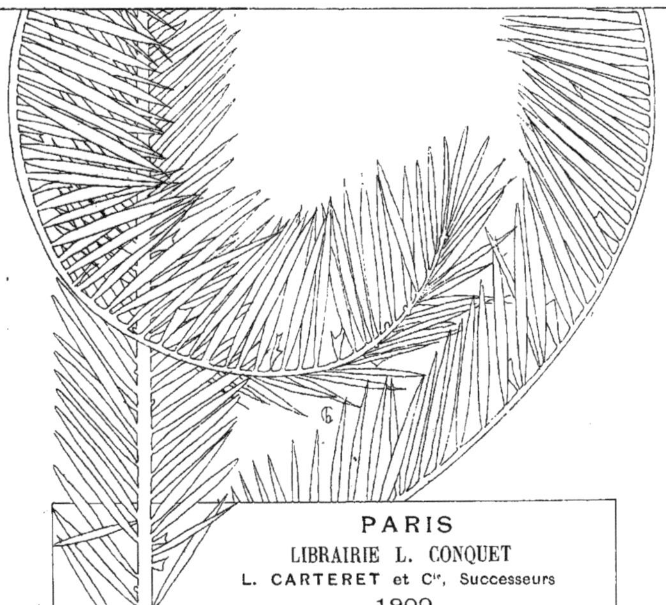

PARIS
LIBRAIRIE L. CONQUET
L. CARTERET et Cⁱᵉ, Successeurs
1900

BALTHASAR

DÉTAIL DU TIRAGE

---

50 exemplaires sur Japon, avec tirages à part.
500 exemplaires sur vélin du Marais, non mis dans le commerce.

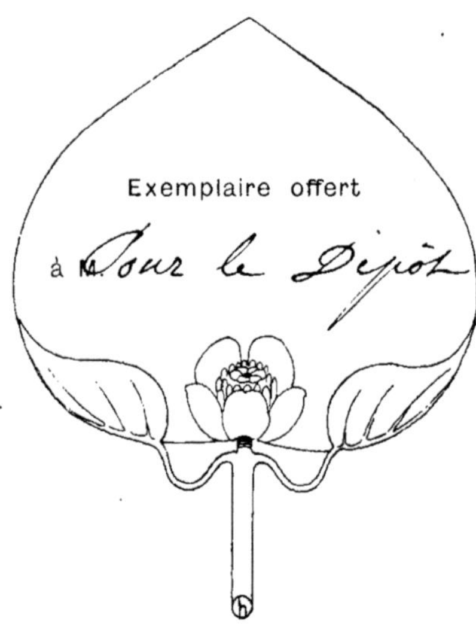

Gravure de Decourtioux et Huillard.

ANATOLE FRANCE

De l'Académie Française.

BALTHASAR

et

LA REINE BALKIS

AQUARELLES ORIGINALES

D'APRÈS

HENRI CARUCHET

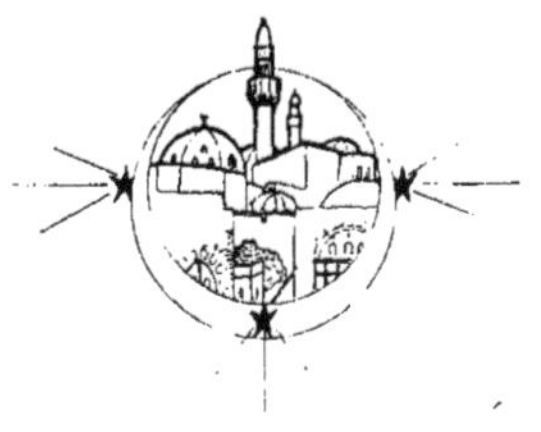

PARIS

LIBRAIRIE L. CONQUET

L. CARTERET et C⁰, Successeurs

5, RUE DROUOT, 5

1900

I

En ce temps-là, Balthasar, que les
Grecs ont nommé Saracin, régnait en
Éthiopie. Il était noir, mais beau
de visage. Il avait l'esprit simple et le
cœur généreux. La troisième année de

1

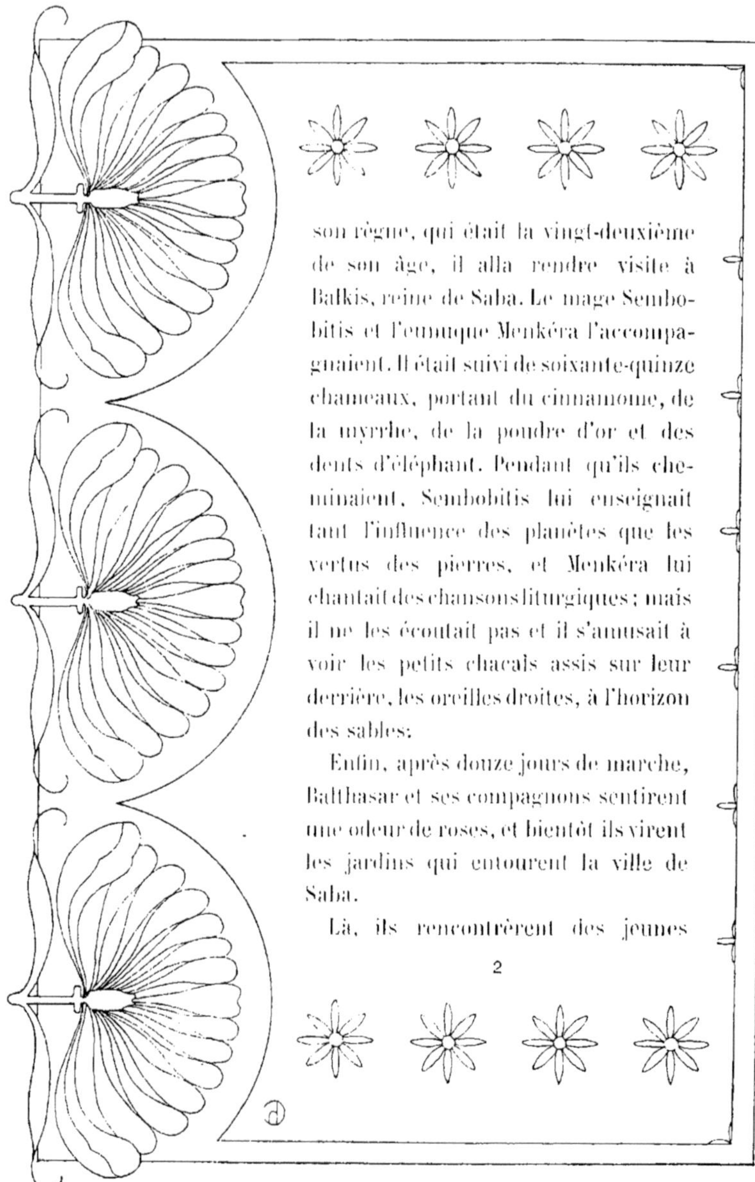

son règne, qui était la vingt-deuxième de son âge, il alla rendre visite à Balkis, reine de Saba. Le mage Sembobitis et l'eunuque Menkéra l'accompagnaient. Il était suivi de soixante-quinze chameaux, portant du cinnamome, de la myrrhe, de la poudre d'or et des dents d'éléphant. Pendant qu'ils cheminaient, Sembobitis lui enseignait tant l'influence des planètes que les vertus des pierres, et Menkéra lui chantait des chansons liturgiques ; mais il ne les écoutait pas et il s'amusait à voir les petits chacals assis sur leur derrière, les oreilles droites, à l'horizon des sables.

Enfin, après douze jours de marche, Balthasar et ses compagnons sentirent une odeur de roses, et bientôt ils virent les jardins qui entourent la ville de Saba.

Là, ils rencontrèrent des jeunes

2

filles qui dansaient sous des grenadiers
en fleurs.

« La danse est une prière, » dit le
mage Sembobitis.

« On vendrait ces femmes un très
grand prix, » dit l'eunuque Menkéra.

Étant entrés dans la ville, ils furent
émerveillés de la grandeur des maga-
sins, des hangars et des chantiers qui
s'étendaient devant eux, ainsi que
de la quantité de marchandises qui y
étaient entassées. Ils marchèrent longtemps dans des rues pleines de cha-
riots, de portefaix, d'ânes et d'âniers, et
découvrirent tout à coup les murailles
de marbre, les tentes de pourpre, les
coupoles d'or du palais de Balkis.

La reine de Saba les reçut dans une
cour rafraîchie par des jets d'eau par-
fumée qui retombaient en perles avec
un murmure clair. Debout dans une
robe de pierreries, elle souriait.

3

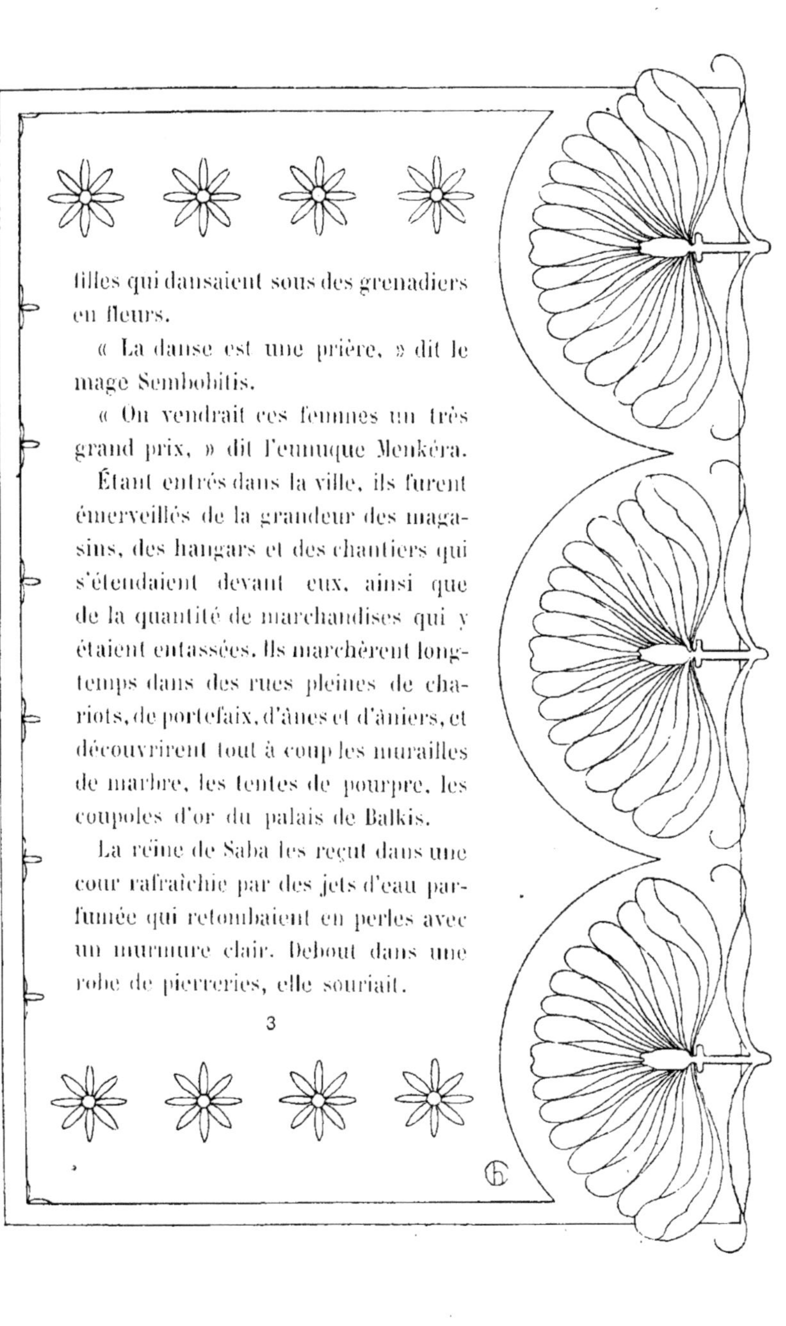

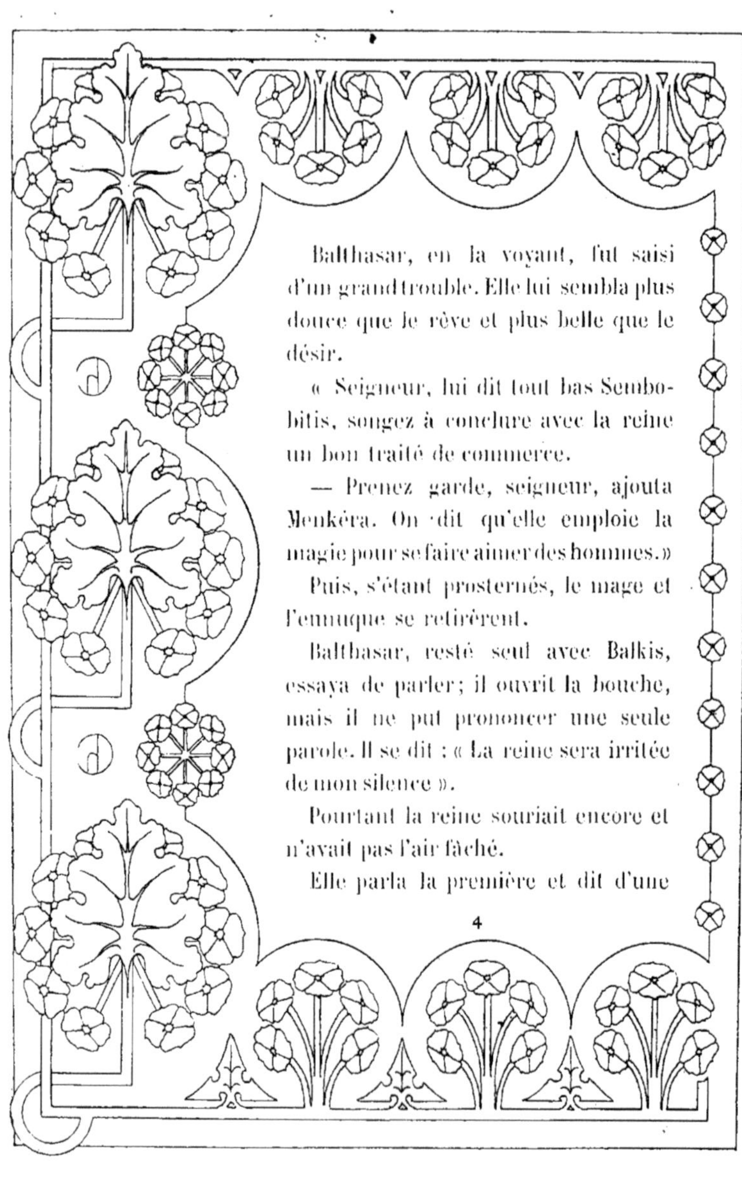

Balthasar, en la voyant, fut saisi d'un grand trouble. Elle lui sembla plus douce que le rêve et plus belle que le désir.

« Seigneur, lui dit tout bas Sembobitis, songez à conclure avec la reine un bon traité de commerce.

— Prenez garde, seigneur, ajouta Menkéra. On dit qu'elle emploie la magie pour se faire aimer des hommes. »

Puis, s'étant prosternés, le mage et l'eunuque se retirèrent.

Balthasar, resté seul avec Balkis, essaya de parler; il ouvrit la bouche, mais il ne put prononcer une seule parole. Il se dit : « La reine sera irritée de mon silence ».

Pourtant la reine souriait encore et n'avait pas l'air fâché.

Elle parla la première et dit d'une

voix plus suave que la plus suave musique :

« Soyez le bienvenu et seyez-vous près de moi. »

Et d'un doigt, qui semblait un rayon de lumière blanche, elle lui montra des coussins de pourpre étendus à terre.

Balthasar s'assit, poussa un grand soupir et, saisissant un coussin dans chaque main, s'écria très vite :

« Madame, je voudrais que ces deux coussins fussent deux géants, vos ennemis. Car je leur tordrais le cou. »

Et, en parlant ainsi, il serra si fort les coussins dans ses poings que l'étoffe se creva et qu'il en sortit une nuée de duvet blanc. Une des petites plumes voltigea un moment dans l'air, puis elle vint se poser sur le sein de la reine.

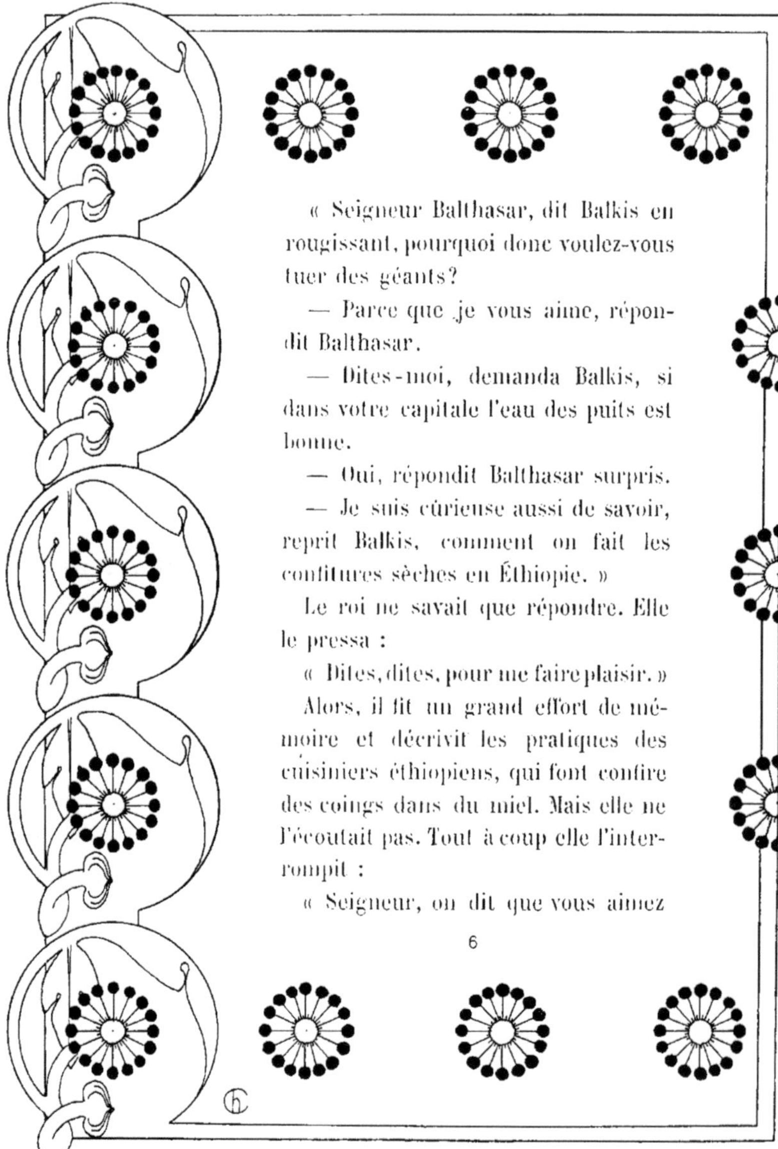

« Seigneur Balthasar, dit Balkis en
rougissant, pourquoi donc voulez-vous
tuer des géants?

— Parce que je vous aime, répondit Balthasar.

— Dites-moi, demanda Balkis, si
dans votre capitale l'eau des puits est
bonne.

— Oui, répondit Balthasar surpris.

— Je suis curieuse aussi de savoir,
reprit Balkis, comment on fait les
confitures sèches en Éthiopie. »

Le roi ne savait que répondre. Elle
le pressa :

« Dites, dites, pour me faire plaisir. »

Alors, il fit un grand effort de mé-
moire et décrivit les pratiques des
cuisiniers éthiopiens, qui font confire
des coings dans du miel. Mais elle ne
l'écoutait pas. Tout à coup elle l'inter-
rompit :

« Seigneur, on dit que vous aimez

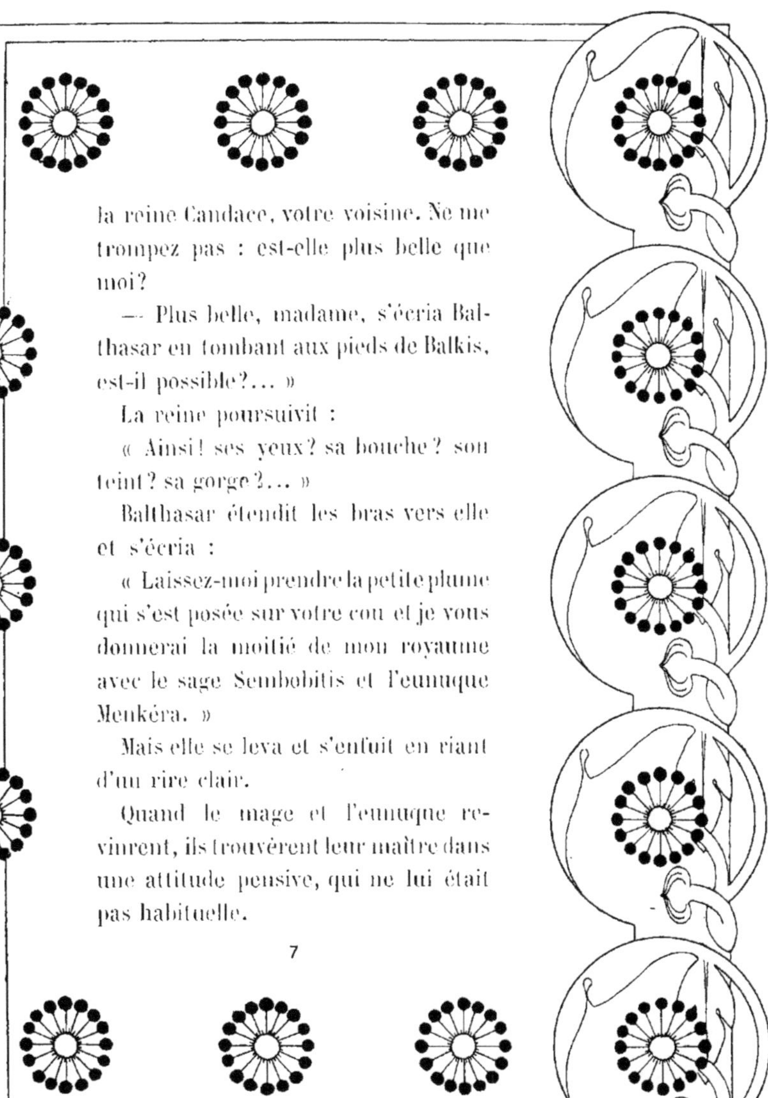

la reine Candace, votre voisine. Ne me
trompez pas : est-elle plus belle que
moi?

— Plus belle, madame, s'écria Balthasar en tombant aux pieds de Balkis,
est-il possible?... »

La reine poursuivit :

« Ainsi! ses yeux? sa bouche? son
teint? sa gorge?... »

Balthasar étendit les bras vers elle
et s'écria :

« Laissez-moi prendre la petite plume
qui s'est posée sur votre cou et je vous
donnerai la moitié de mon royaume
avec le sage Sembobitis et l'eunuque
Menkéra. »

Mais elle se leva et s'enfuit en riant
d'un rire clair.

Quand le mage et l'eunuque re-
vinrent, ils trouvèrent leur maître dans
une attitude pensive, qui ne lui était
pas habituelle.

« Seigneur, n'auriez-vous conclu un bon traité de commerce? » demanda Sembobitis.

Ce jour-là, Balthasar soupa avec la reine de Saba et but du vin de palmier.

« Il est donc vrai, lui dit Balkis, tandis qu'ils soupaient, la reine Candace n'est pas aussi belle que moi?

— La reine Candace est noire, » répondit Balthasar.

Balkis regarda vivement Balthasar et dit :

« On peut être noir sans être laid.

— Balkis! » s'écria le roi.

Il n'en dit pas davantage. L'ayant saisie dans ses bras, il tenait renversé sous ses lèvres le front de la reine.

Mais il vit qu'elle pleurait. Alors il lui parla tout bas d'une voix caressante, en chantant un peu, comme font les nourrices.

Il l'appela sa petite fleur et sa petite étoile.

« Pourquoi pleurez-vous? lui dit-il. Et que faut-il faire pour que vous ne

pleuriez plus? — Si vous avez quelque
désir, faites-le moi connaître et je le
contenterai. »

Elle ne pleurait plus et elle restait
songeuse.

Il la pressa longtemps de lui confier
son désir.

Enfin elle lui dit :

« Je voudrais avoir peur. »

Comme Balthasar semblait ne pas
comprendre, elle lui expliqua que de-
puis longtemps elle avait envie de
courir quelque danger inconnu, mais
qu'elle ne pouvait pas, parce que les
hommes et les dieux sabéens veillaient
sur elle.

« Pourtant, ajouta-t-elle en soupirant, je voudrais sentir pendant la
nuit le froid délicieux de l'épouvante
pénétrer dans ma chair. Je voudrais
sentir mes cheveux se dresser sur
ma tête. Oh! ce serait si bon d'avoir
peur! »

Elle noua ses bras au cou du roi
noir et dit de la voix d'un enfant qui
supplie :

« Voici la nuit venue. Allons tous

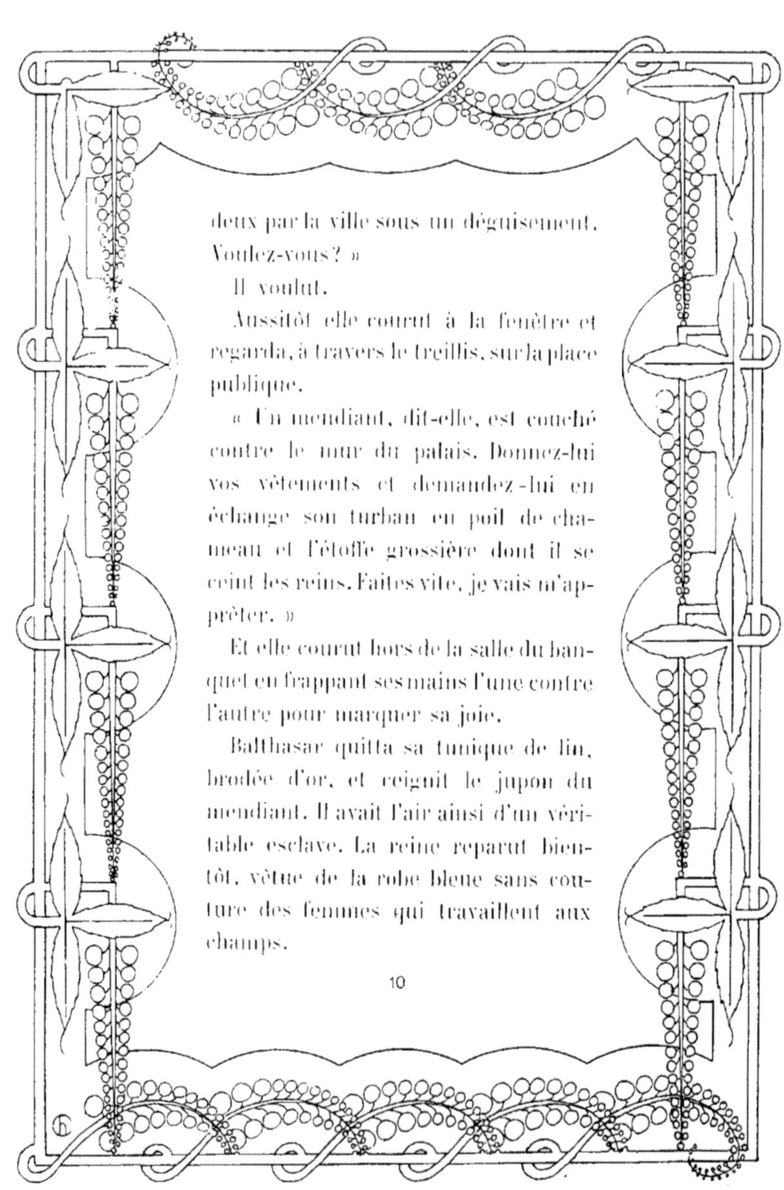

deux par la ville sous un déguisement.
Voulez-vous ? »

Il voulut.

Aussitôt elle courut à la fenêtre et
regarda, à travers le treillis, sur la place
publique.

« Un mendiant, dit-elle, est couché
contre le mur du palais. Donnez-lui
vos vêtements et demandez-lui en
échange son turban en poil de cha-
meau et l'étoffe grossière dont il se
ceint les reins. Faites vite, je vais m'ap-
prêter. »

Et elle courut hors de la salle du ban-
quet en frappant ses mains l'une contre
l'autre pour marquer sa joie.

Balthasar quitta sa tunique de lin,
brodée d'or, et ceignit le jupon du
mendiant. Il avait l'air ainsi d'un véritable esclave. La reine reparut bientôt, vêtue de la robe bleue sans cou-
ture des femmes qui travaillent aux
champs.

« Allons! » dit-elle.

Et elle entraîna Balthasar par d'étroits corridors, jusqu'à une petite porte qui s'ouvrait sur les champs.

11

II

La nuit était noire. Balkis était toute petite dans la nuit.

Elle conduisit Balthasar dans un des cabarets où les crocheteurs et les portefaix de la ville s'assemblent avec des prostituées. Là, s'étant assis tous deux à une table, ils voyaient, à la lueur

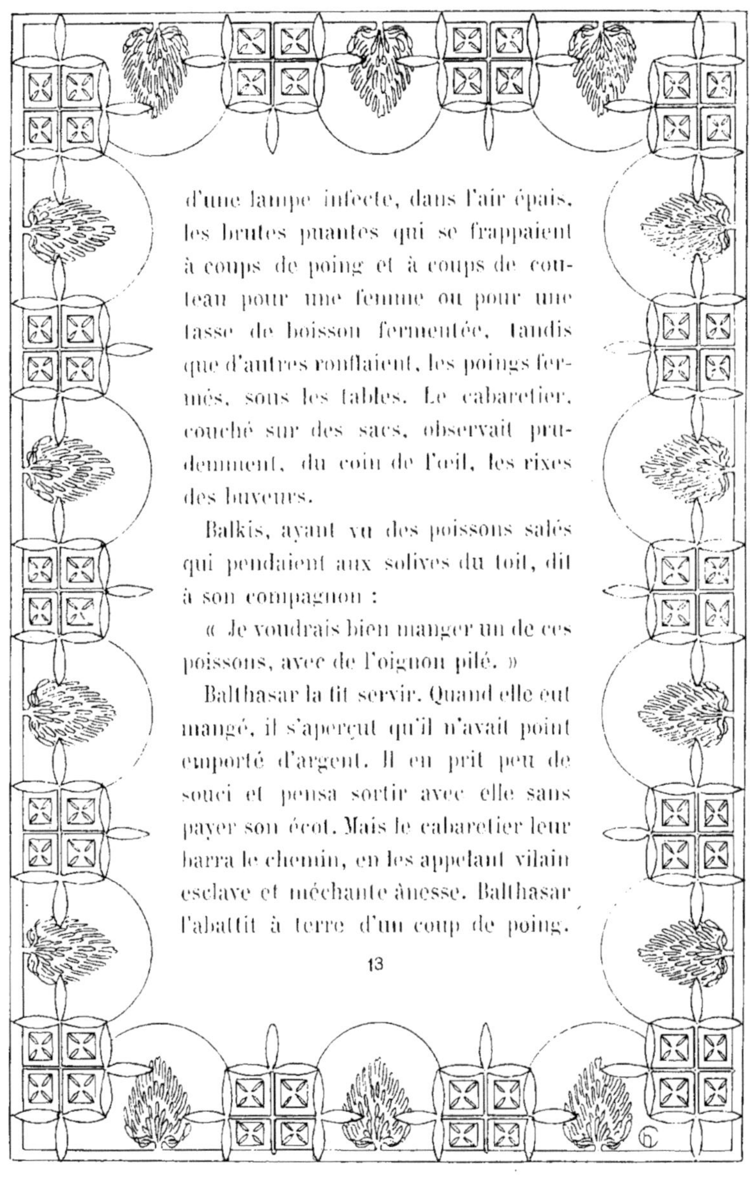

d'une lampe infecte, dans l'air épais, les brutes puantes qui se frappaient à coups de poing et à coups de couteau pour une femme ou pour une tasse de boisson fermentée, tandis que d'autres ronflaient, les poings fermés, sous les tables. Le cabaretier, couché sur des sacs, observait prudemment, du coin de l'œil, les rixes des buveurs.

Balkis, ayant vu des poissons salés qui pendaient aux solives du toit, dit à son compagnon :

« Je voudrais bien manger un de ces poissons, avec de l'oignon pilé. »

Balthasar la fit servir. Quand elle eut mangé, il s'aperçut qu'il n'avait point emporté d'argent. Il en prit peu de souci et pensa sortir avec elle sans payer son écot. Mais le cabaretier leur barra le chemin, en les appelant vilain esclave et méchante ânesse. Balthasar l'abattit à terre d'un coup de poing.

13

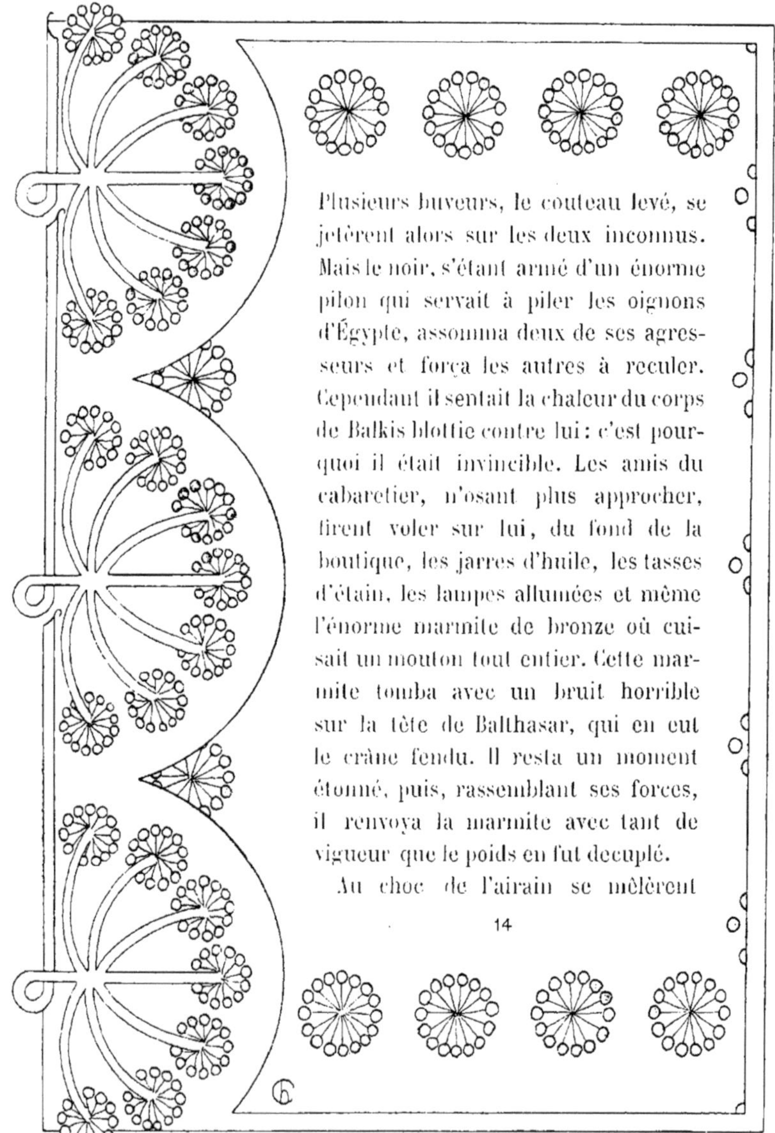

Plusieurs buveurs, le couteau levé, se
jetèrent alors sur les deux inconnus.
Mais le noir, s'étant armé d'un énorme
pilon qui servait à piler les oignons
d'Égypte, assomma deux de ses agres-
seurs et força les autres à reculer.
Cependant il sentait la chaleur du corps
de Balkis blottie contre lui : c'est pourquoi il était invincible. Les amis du
cabaretier, n'osant plus approcher,
firent voler sur lui, du fond de la
boutique, les jarres d'huile, les tasses
d'étain, les lampes allumées et même
l'énorme marmite de bronze où cui-
sait un mouton tout entier. Cette marmite tomba avec un bruit horrible
sur la tête de Balthasar, qui en eut
le crâne fendu. Il resta un moment
étonné, puis, rassemblant ses forces,
il renvoya la marmite avec tant de
vigueur que le poids en fut decuplé.

   Au choc de l'airain se mêlèrent

14

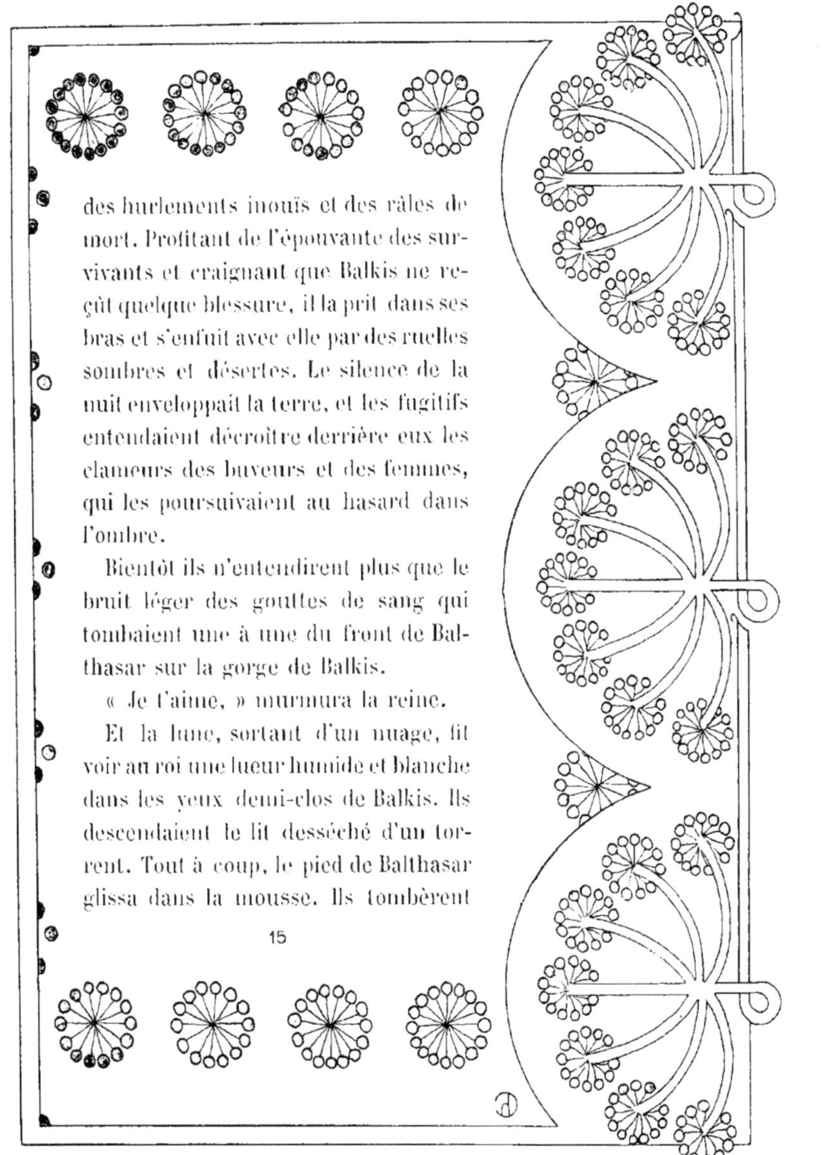

des hurlements inouïs et des râles de
mort. Profitant de l'épouvante des sur-
vivants et craignant que Balkis ne re-
çût quelque blessure, il la prit dans ses
bras et s'enfuit avec elle par des ruelles
sombres et désertes. Le silence de la
nuit enveloppait la terre, et les fugitifs
entendaient décroître derrière eux les
clameurs des buveurs et des femmes,
qui les poursuivaient au hasard dans
l'ombre.

Bientôt ils n'entendirent plus que le
bruit léger des gouttes de sang qui
tombaient une à une du front de Balthasar sur la gorge de Balkis.

« Je t'aime, » murmura la reine.

Et la lune, sortant d'un nuage, fit
voir au roi une lueur humide et blanche
dans les yeux demi-clos de Balkis. Ils
descendaient le lit desséché d'un torrent. Tout à coup, le pied de Balthasar
glissa dans la mousse. Ils tombèrent

15

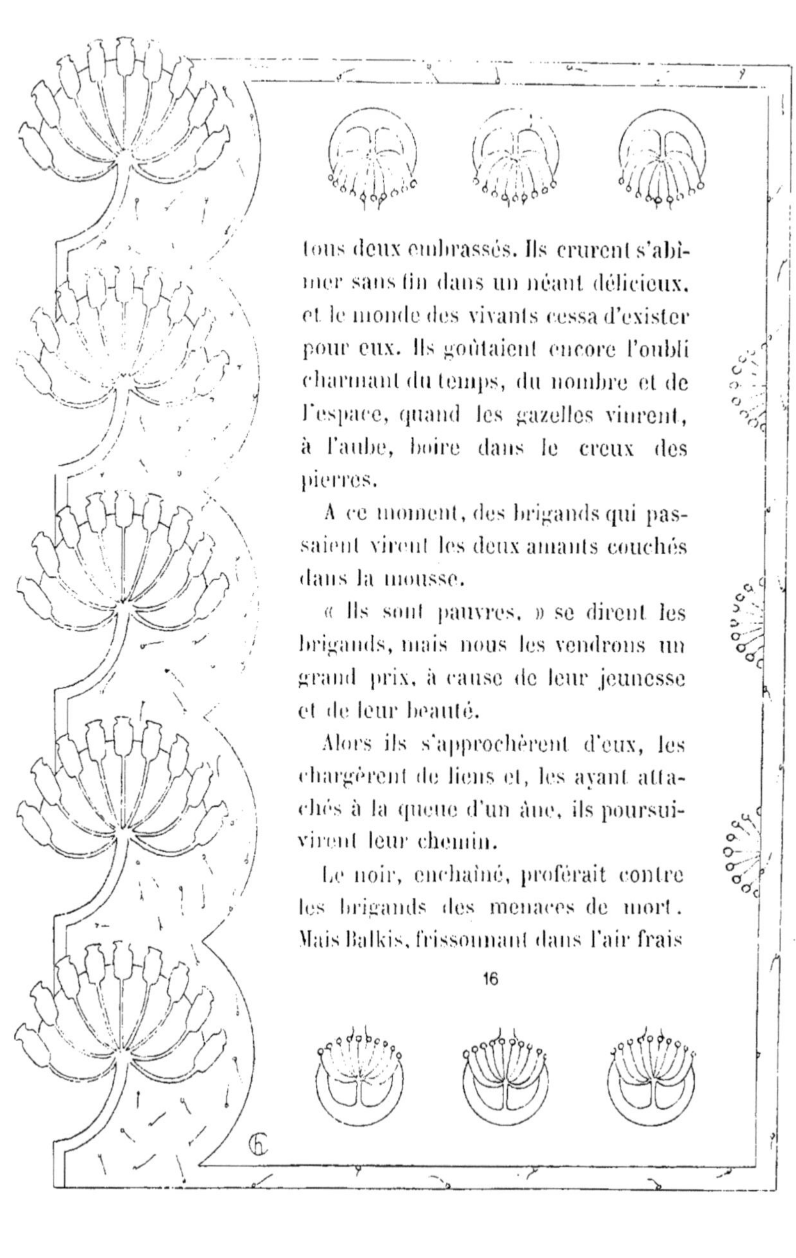

tous deux embrassés. Ils crurent s'abî-
mer sans fin dans un néant délicieux,
et le monde des vivants cessa d'exister
pour eux. Ils goûtaient encore l'oubli
charmant du temps, du nombre et de
l'espace, quand les gazelles vinrent,
à l'aube, boire dans le creux des
pierres.

A ce moment, des brigands qui pas-
saient virent les deux amants couchés
dans la mousse.

« Ils sont pauvres, » se dirent les
brigands, mais nous les vendrons un
grand prix, à cause de leur jeunesse
et de leur beauté.

Alors ils s'approchèrent d'eux, les
chargèrent de liens et, les ayant atta-
chés à la queue d'un âne, ils poursui-
virent leur chemin.

Le noir, enchaîné, proférait contre
les brigands des menaces de mort.
Mais Balkis, frissonnant dans l'air frais

16

du matin, semblait sourire à quelque
chose d'invisible.

Ils marchèrent dans d'affreuses soli-
tudes jusqu'à ce que la chaleur du
jour se fît sentir. Le soleil était déjà
haut quand les brigands délièrent leurs
prisonniers et, les faisant asseoir près
d'eux à l'ombre d'un rocher, leur jeté-
rent un peu de pain moisi, que Balthasar
dédaigna de ramasser, mais dont Balkis
mangea avidement.

Elle riait. Et le chef des brigands
lui ayant demandé pourquoi elle
riait :

« Je ris, lui répondit-elle, à la pensée que je vous ferai tous pendre.

— Vraiment! s'écria le chef des brigands, voilà un propos étrange dans la
bouche d'une laveuse d'écuelles comme
toi, ma mie! C'est sans doute avec
l'aide de ton galant noir que tu nous
feras tous pendre ? »

En entendant ces paroles outragean-
tes, Balthasar entra dans une grande
fureur; il se jeta sur le brigand et
lui pressa le cou si fort qu'il l'étrangla
presque.

Mais celui-ci lui enfonça son couteau
dans le ventre jusqu'au manche. Le
pauvre roi, roulant à terre, tourna
vers Balkis un regard mourant qui
s'éteignit presque aussitôt.

18

III

A ce moment, il se fit un grand bruit d'hommes, de chevaux et d'armes, et Balkis reconnut le brave Abner qui venait à la tête de sa garde délivrer sa reine, dont il avait appris dès la veille la disparition mystérieuse.

Il se prosterna trois fois aux pieds de Balkis et fit avancer près d'elle une litière préparée pour la recevoir. Ce-

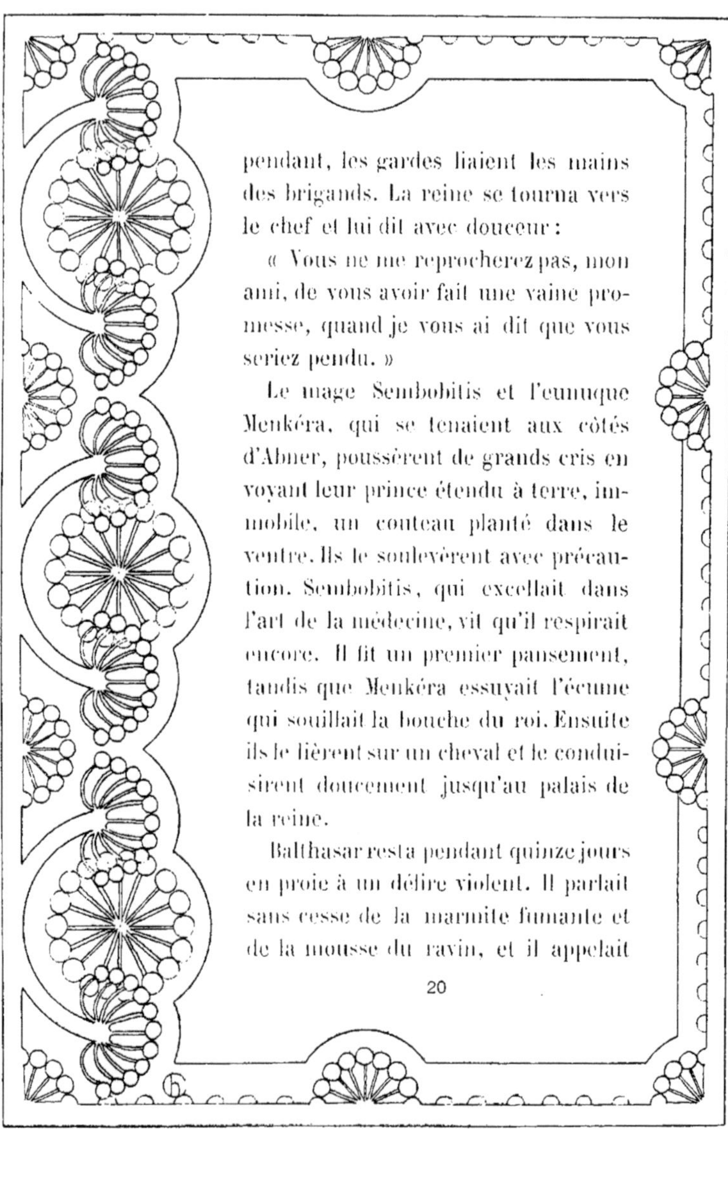

pendant, les gardes liaient les mains
des brigands. La reine se tourna vers
le chef et lui dit avec douceur :

« Vous ne me reprocherez pas, mon
ami, de vous avoir fait une vaine pro-
messe, quand je vous ai dit que vous
seriez pendu. »

Le mage Sembobitis et l'eunuque
Menkéra, qui se tenaient aux côtés
d'Abner, poussèrent de grands cris en
voyant leur prince étendu à terre, im-
mobile, un couteau planté dans le
ventre. Ils le soulevèrent avec précau-
tion. Sembobitis, qui excellait dans
l'art de la médecine, vit qu'il respirait
encore. Il fit un premier pansement,
tandis que Menkéra essuyait l'écume
qui souillait la bouche du roi. Ensuite
ils le lièrent sur un cheval et le condui-
sirent doucement jusqu'au palais de
la reine.

Balthasar resta pendant quinze jours
en proie à un délire violent. Il parlait
sans cesse de la marmite fumante et
de la mousse du ravin, et il appelait

20

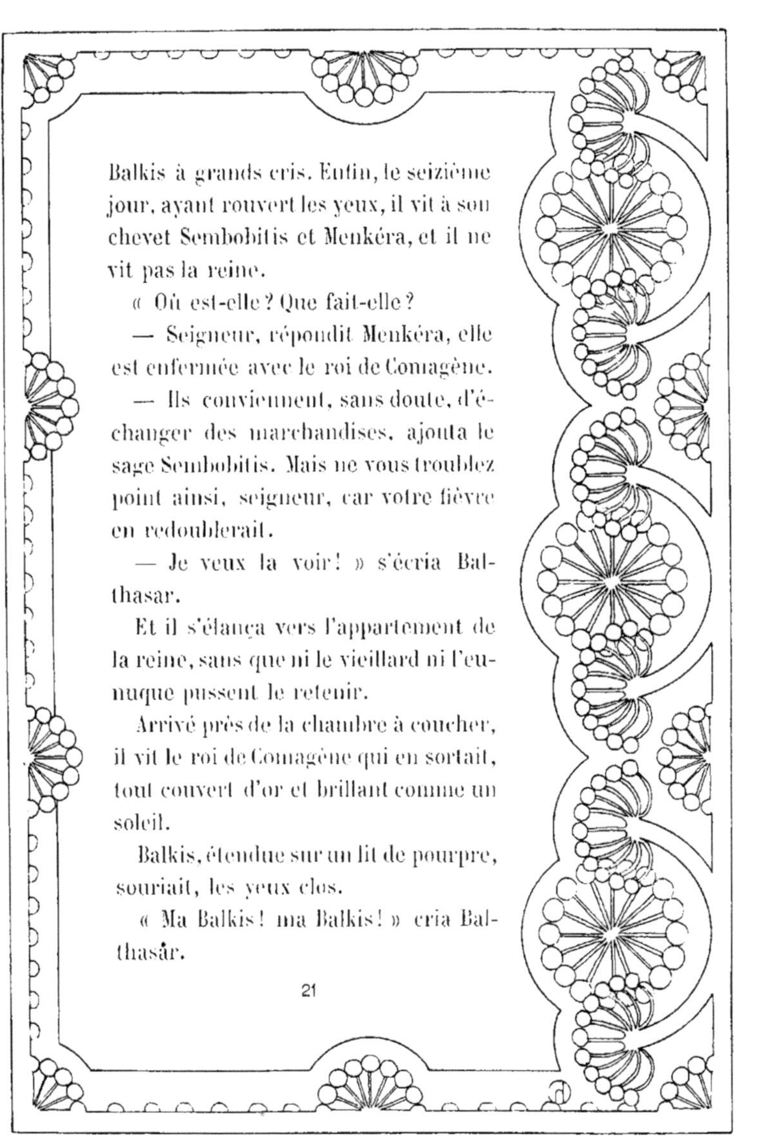

Balkis à grands cris. Enfin, le seizième jour, ayant rouvert les yeux, il vit à son chevet Sembobitis et Menkéra, et il ne vit pas la reine.

« Où est-elle? Que fait-elle?

— Seigneur, répondit Menkéra, elle est enfermée avec le roi de Comagène.

— Ils conviennent, sans doute, d'échanger des marchandises, ajouta le sage Sembobitis. Mais ne vous troublez point ainsi, seigneur, car votre fièvre en redoublerait.

— Je veux la voir! » s'écria Balthasar.

Et il s'élança vers l'appartement de la reine, sans que ni le vieillard ni l'eunuque pussent le retenir.

Arrivé près de la chambre à coucher, il vit le roi de Comagène qui en sortait, tout couvert d'or et brillant comme un soleil.

Balkis, étendue sur un lit de pourpre, souriait, les yeux clos.

« Ma Balkis! ma Balkis! » cria Balthasâr.

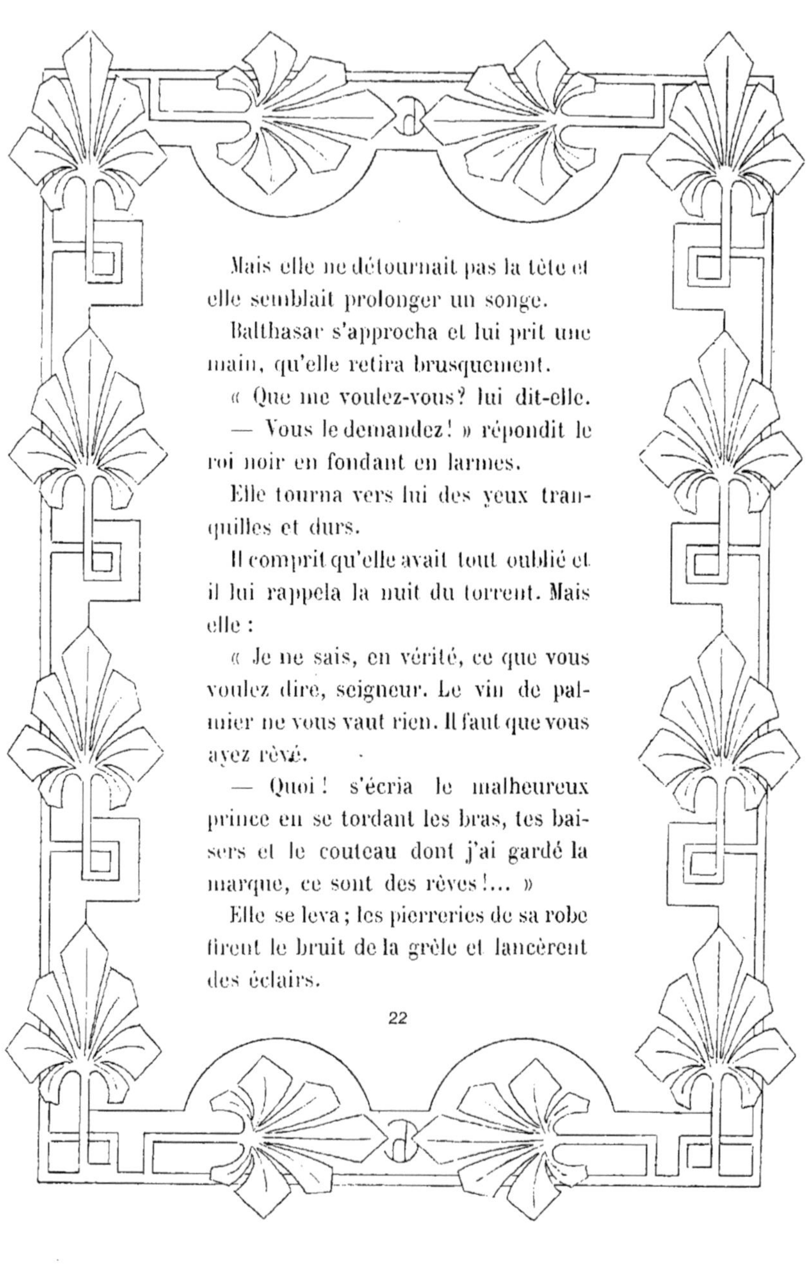

Mais elle ne détournait pas la tête et
elle semblait prolonger un songe.

Balthasar s'approcha et lui prit une
main, qu'elle retira brusquement.

« Que me voulez-vous? lui dit-elle.

— Vous le demandez! » répondit le
roi noir en fondant en larmes.

Elle tourna vers lui des yeux tran-
quilles et durs.

Il comprit qu'elle avait tout oublié et
il lui rappela la nuit du torrent. Mais
elle :

« Je ne sais, en vérité, ce que vous
voulez dire, seigneur. Le vin de palmier ne vous vaut rien. Il faut que vous
ayez rêvé.

— Quoi! s'écria le malheureux
prince en se tordant les bras, tes bai-
sers et le couteau dont j'ai gardé la
marque, ce sont des rêves!... »

Elle se leva ; les pierreries de sa robe
firent le bruit de la grêle et lancèrent
des éclairs.

22

« Seigneur, dit-elle, voici l'heure où
s'assemble mon conseil. Je n'ai pas le
loisir d'éclaircir les songes de votre
cerveau malade. Prenez du repos.
Adieu ! »

Balthasar, se sentant défaillir, fit effort pour ne point montrer sa faiblesse
à cette méchante femme et il courut
dans sa chambre, où il tomba évanoui,
sa blessure rouverte.

23

IV

Il resta trois semaines insensible et
comme mort, puis, s'étant ranimé le
vingt-deuxième jour, il saisit la main
de Sembobitis, qui le veillait en
compagnie de Menkéra, et il s'écria
en pleurant :

« Oh ! mes amis, que vous êtes heureux tous deux, l'un d'être vieux, et l'autre d'être semblable aux vieillards !...

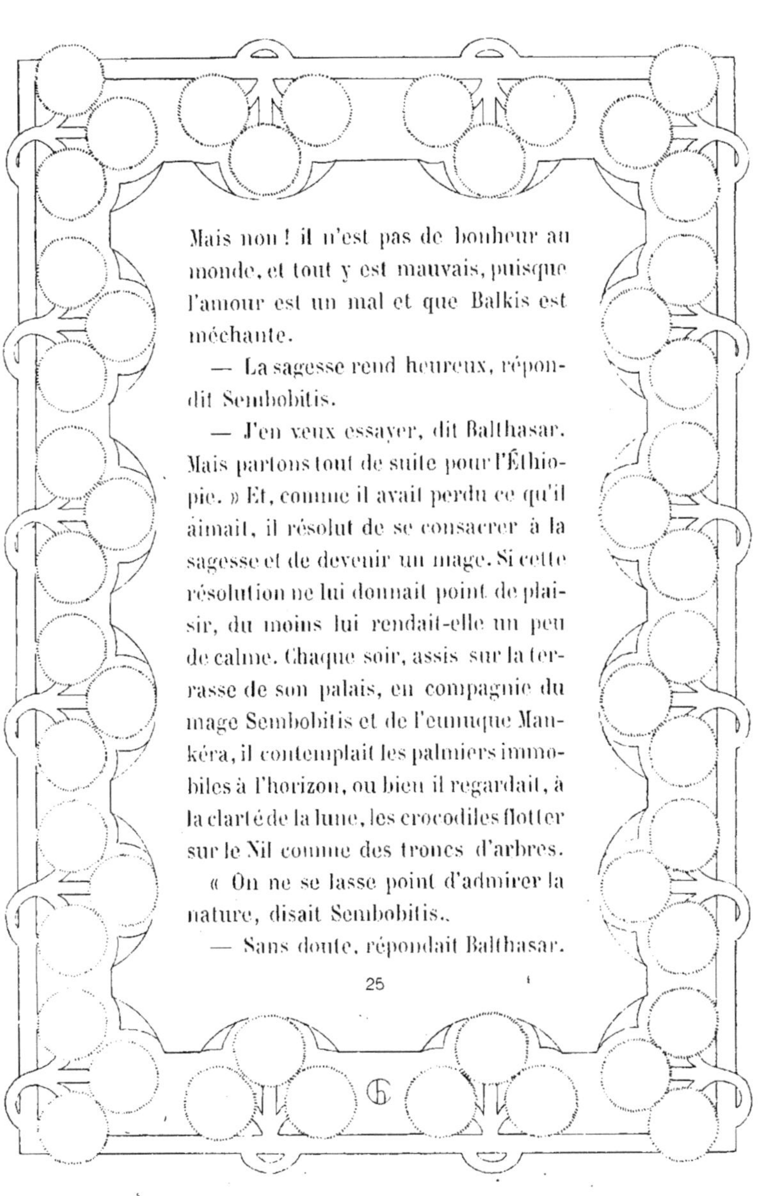

Mais non ! il n'est pas de bonheur au monde, et tout y est mauvais, puisque l'amour est un mal et que Balkis est méchante.

— La sagesse rend heureux, répondit Sembobitis.

— J'en veux essayer, dit Balthasar. Mais partons tout de suite pour l'Éthiopie. » Et, comme il avait perdu ce qu'il aimait, il résolut de se consacrer à la sagesse et de devenir un mage. Si cette résolution ne lui donnait point de plaisir, du moins lui rendait-elle un peu de calme. Chaque soir, assis sur la terrasse de son palais, en compagnie du mage Sembobitis et de l'eunuque Mankéra, il contemplait les palmiers immobiles à l'horizon, ou bien il regardait, à la clarté de la lune, les crocodiles flotter sur le Nil comme des troncs d'arbres.

« On ne se lasse point d'admirer la nature, disait Sembobitis.

— Sans doute, répondait Balthasar.

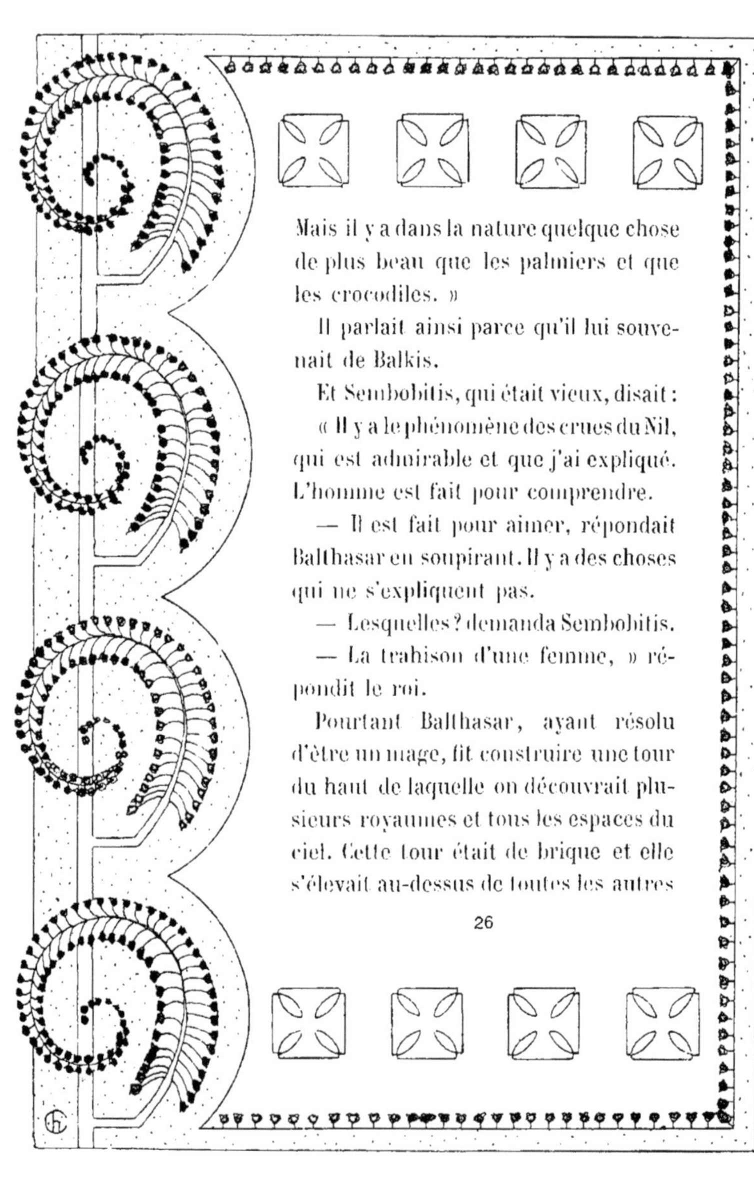

Mais il y a dans la nature quelque chose de plus beau que les palmiers et que les crocodiles. »

Il parlait ainsi parce qu'il lui souvenait de Balkis.

Et Sembobitis, qui était vieux, disait :

« Il y a le phénomène des crues du Nil, qui est admirable et que j'ai expliqué. L'homme est fait pour comprendre.

— Il est fait pour aimer, répondait Balthasar en soupirant. Il y a des choses qui ne s'expliquent pas.

— Lesquelles ? demanda Sembobitis.

— La trahison d'une femme, » répondit le roi.

Pourtant Balthasar, ayant résolu d'être un mage, fit construire une tour du haut de laquelle on découvrait plusieurs royaumes et tous les espaces du ciel. Cette tour était de brique et elle s'élevait au-dessus de toutes les autres

26

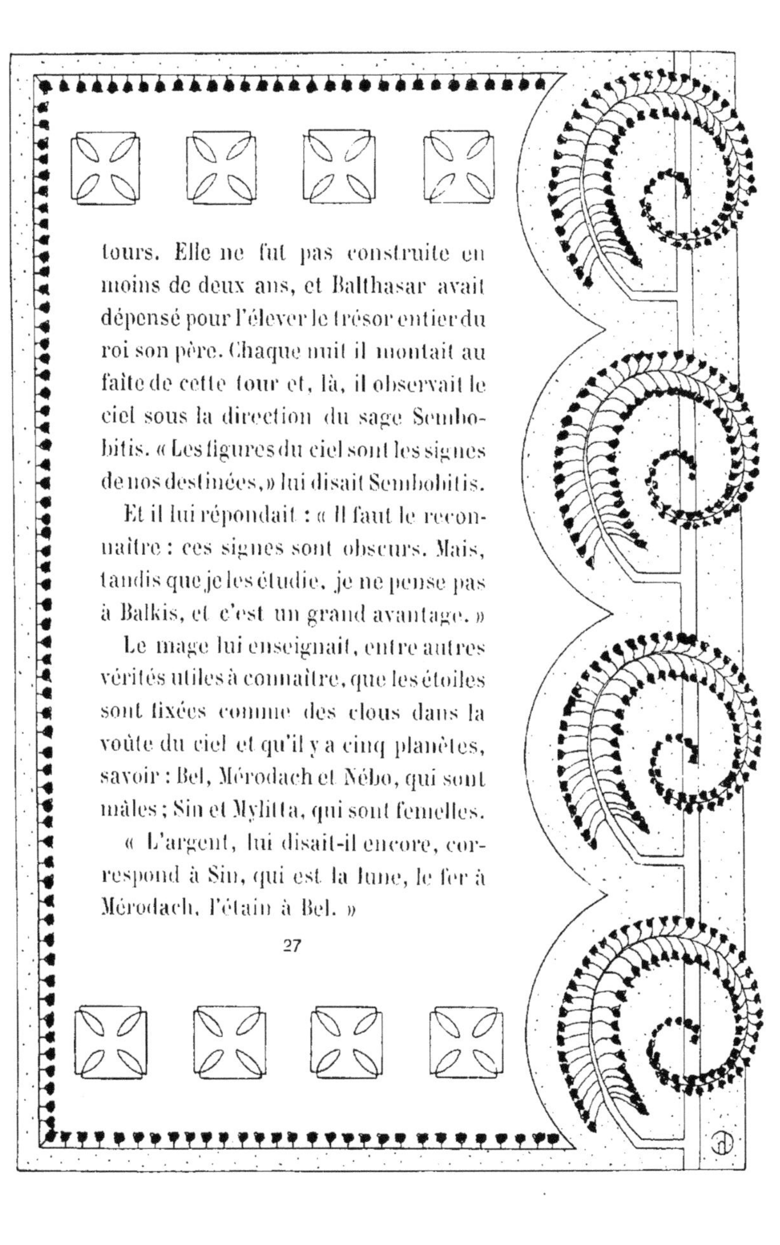

tours. Elle ne fut pas construite en moins de deux ans, et Balthasar avait dépensé pour l'élever le trésor entier du roi son père. Chaque nuit il montait au faîte de cette tour et, là, il observait le ciel sous la direction du sage Sembobitis. « Les figures du ciel sont les signes de nos destinées, » lui disait Sembobitis.

Et il lui répondait : « Il faut le reconnaître : ces signes sont obscurs. Mais, tandis que je les étudie, je ne pense pas à Balkis, et c'est un grand avantage. »

Le mage lui enseignait, entre autres vérités utiles à connaître, que les étoiles sont fixées comme des clous dans la voûte du ciel et qu'il y a cinq planètes, savoir : Bel, Mérodach et Nébo, qui sont mâles ; Sin et Mylitta, qui sont femelles.

« L'argent, lui disait-il encore, correspond à Sin, qui est la lune, le fer à Mérodach, l'étain à Bel. »

27

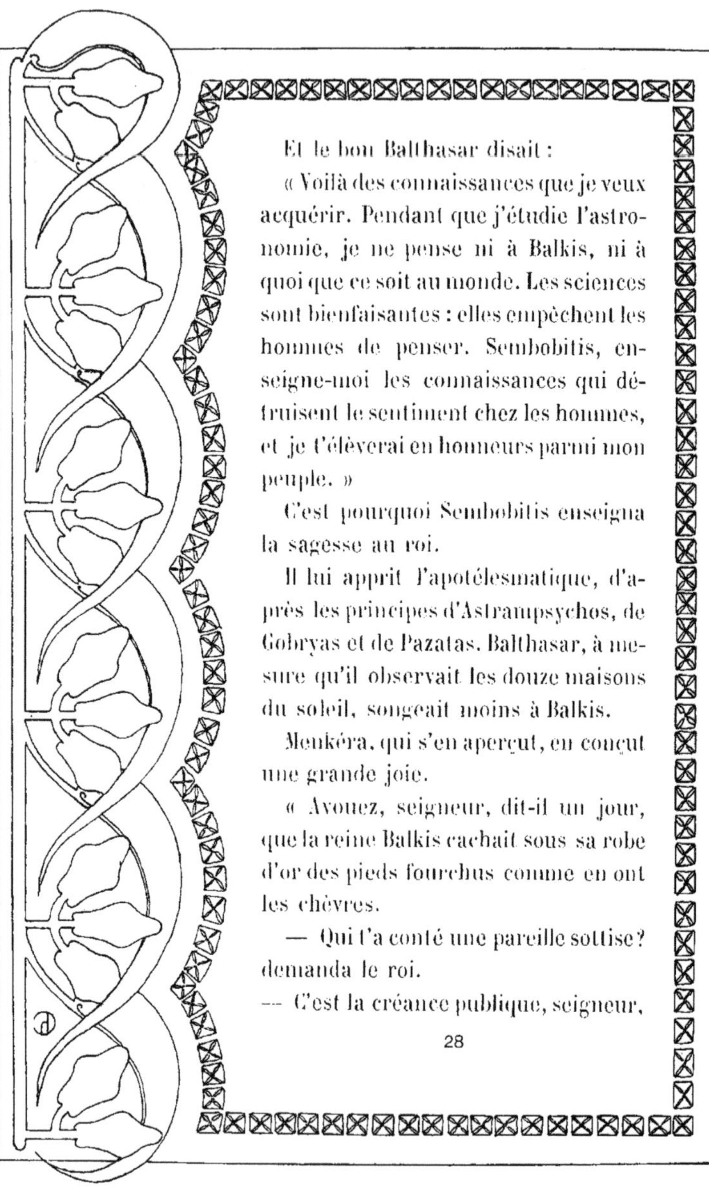

Et le bon Balthasar disait :

« Voilà des connaissances que je veux acquérir. Pendant que j'étudie l'astronomie, je ne pense ni à Balkis, ni à quoi que ce soit au monde. Les sciences sont bienfaisantes : elles empêchent les hommes de penser. Sembobitis, enseigne-moi les connaissances qui détruisent le sentiment chez les hommes, et je t'élèverai en honneurs parmi mon peuple. »

C'est pourquoi Sembobitis enseigna la sagesse au roi.

Il lui apprit l'apotélesmatique, d'après les principes d'Astrampsychos, de Gobryas et de Pazatas. Balthasar, à mesure qu'il observait les douze maisons du soleil, songeait moins à Balkis.

Menkéra, qui s'en aperçut, en conçut une grande joie.

« Avouez, seigneur, dit-il un jour, que la reine Balkis cachait sous sa robe d'or des pieds fourchus comme en ont les chèvres.

— Qui t'a conté une pareille sottise ? demanda le roi.

— C'est la créance publique, seigneur,

28

en Saba, comme en Éthiopie, répondit l'eunuque. Chacun y dit couramment que la reine Balkis a la jambe velue et le pied fait de deux cornes noires. »

Balthasar haussa les épaules. Il savait que les jambes et les pieds de Balkis étaient faits comme les pieds et les jambes des autres femmes et parfaitement beaux. Pourtant cette idée lui gâta le souvenir de celle qu'il avait tant aimée. Il fit comme un grief à Balkis de ce que sa beauté n'était pas sans offense dans l'imagination de ceux qui l'ignoraient. A la pensée qu'il avait possédé une femme, bien faite en réalité, mais qui passait pour monstrueuse, il éprouva un véritable malaise et il ne désira plus revoir Balkis. Balthasar avait l'âme simple; mais l'amour est toujours un sentiment très compliqué.

A compter de ce jour, le roi fit de grands progrès en magie et en astrologie. Il était extrêmement attentif aux conjonctions des astres et tirait les horoscopes aussi exactement que le sage Sembobitis lui-même.

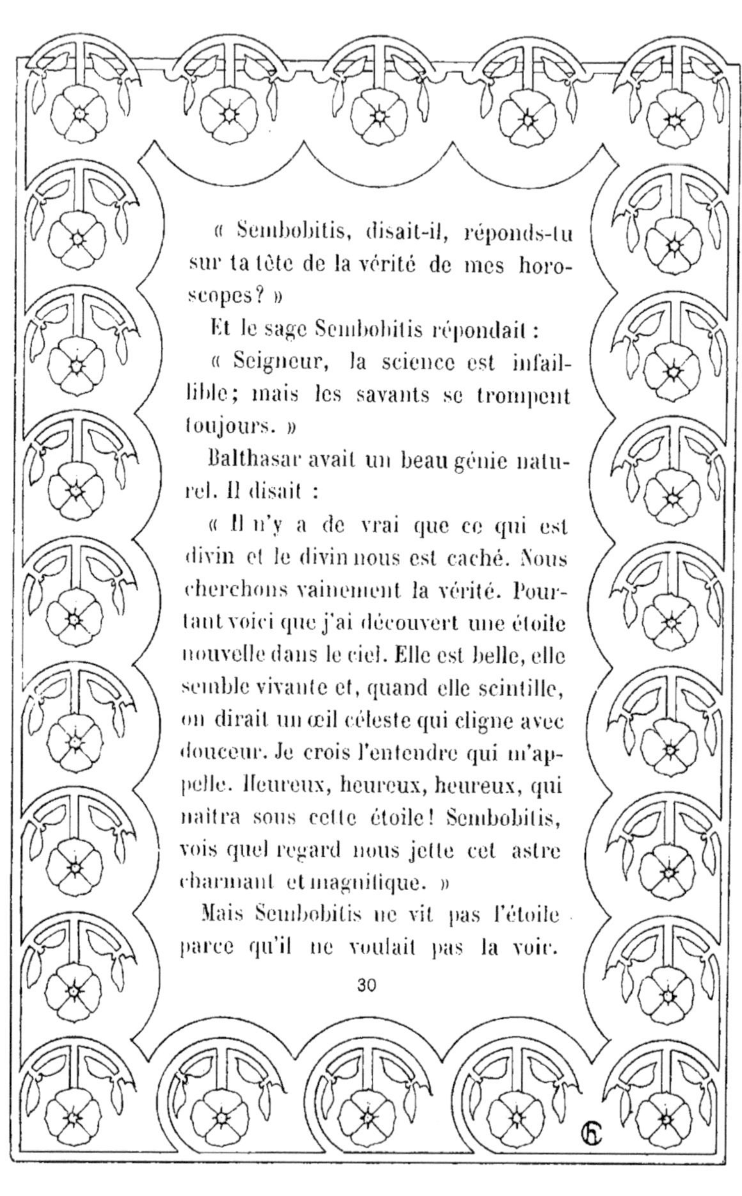

« Sembobitis, disait-il, réponds-tu
sur ta tête de la vérité de mes horoscopes ? »

Et le sage Sembobitis répondait :

« Seigneur, la science est infail-
lible ; mais les savants se trompent
toujours. »

Balthasar avait un beau génie natu-
rel. Il disait :

« Il n'y a de vrai que ce qui est
divin et le divin nous est caché. Nous
cherchons vainement la vérité. Pourtant voici que j'ai découvert une étoile
nouvelle dans le ciel. Elle est belle, elle
semble vivante et, quand elle scintille,
on dirait un œil céleste qui cligne avec
douceur. Je crois l'entendre qui m'appelle. Heureux, heureux, heureux, qui
naîtra sous cette étoile ! Sembobitis,
vois quel regard nous jette cet astre
charmant et magnifique. »

Mais Sembobitis ne vit pas l'étoile
parce qu'il ne voulait pas la voir.

Savant et vieux, il n'aimait pas les
nouveautés.

Et Balthasar répétait seul dans le
silence de la nuit :

« Heureux, heureux, heureux, qui
naîtra sous cette étoile ! »

31

Or, le bruit s'était répandu dans
toute l'Éthiopie et dans les royaumes
voisins que le roi Balthasar n'avait plus
d'amour pour Balkis.

Quand la nouvelle en parvint au pays
des Sabéens, Balkis s'indigna comme si
elle était trahie. Elle courut vers le roi
de Comagène qui oubliait son empire

32

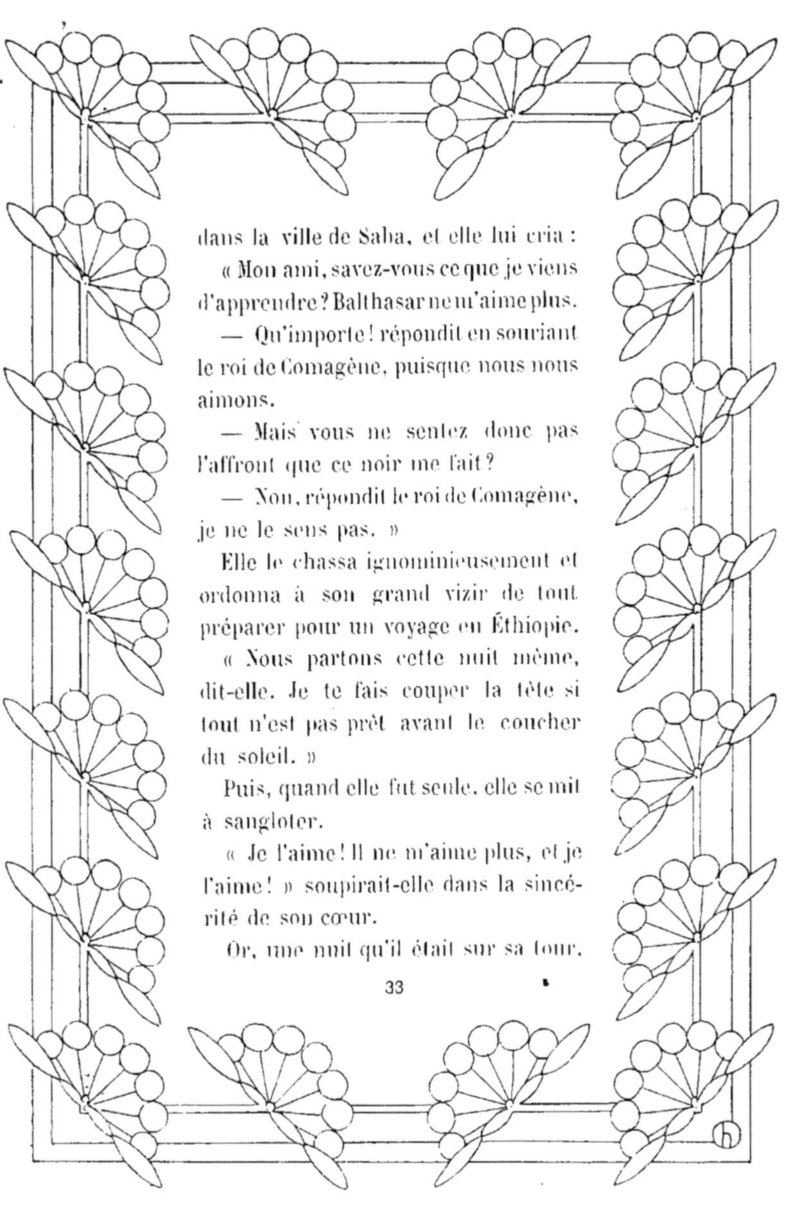

dans la ville de Saba, et elle lui cria :

« Mon ami, savez-vous ce que je viens d'apprendre ? Balthasar ne m'aime plus.

— Qu'importe ! répondit en souriant le roi de Comagène, puisque nous nous aimons.

— Mais vous ne sentez donc pas l'affront que ce noir me fait ?

— Non, répondit le roi de Comagène, je ne le sens pas. »

Elle le chassa ignominieusement et ordonna à son grand vizir de tout préparer pour un voyage en Éthiopie.

« Nous partons cette nuit même, dit-elle. Je te fais couper la tête si tout n'est pas prêt avant le coucher du soleil. »

Puis, quand elle fut seule, elle se mit à sangloter.

« Je l'aime ! Il ne m'aime plus, et je l'aime ! » soupirait-elle dans la sincérité de son cœur.

Or, une nuit qu'il était sur sa tour,

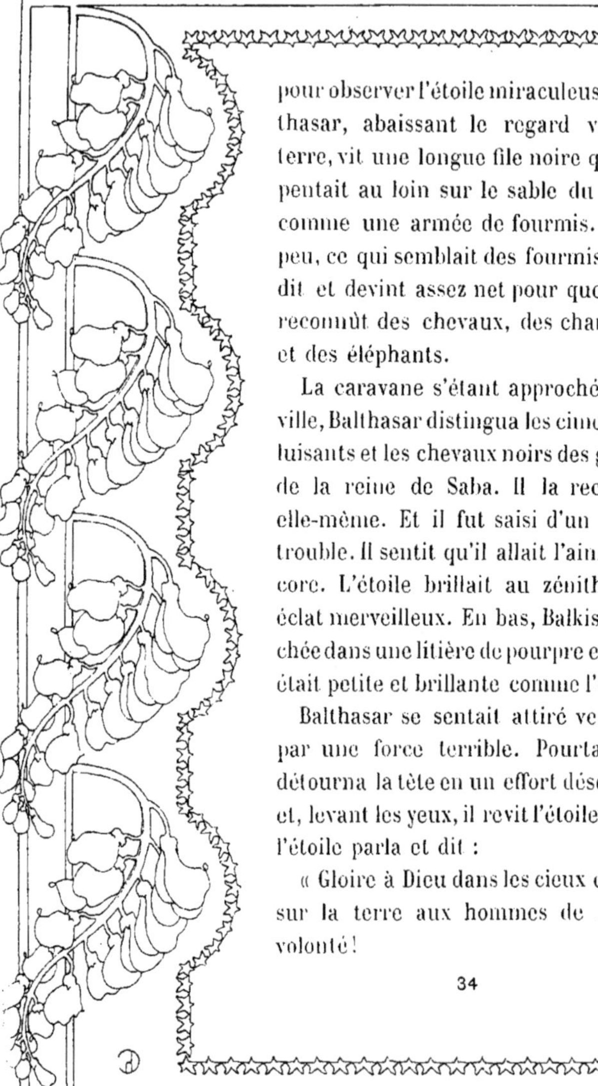

pour observer l'étoile miraculeuse, Balthasar, abaissant le regard vers la terre, vit une longue file noire qui serpentait au loin sur le sable du désert comme une armée de fourmis. Peu à peu, ce qui semblait des fourmis grandit et devint assez net pour que le roi reconnût des chevaux, des chameaux et des éléphants.

La caravane s'étant approchée de la ville, Balthasar distingua les cimeterres luisants et les chevaux noirs des gardes de la reine de Saba. Il la reconnut elle-même. Et il fut saisi d'un grand trouble. Il sentit qu'il allait l'aimer encore. L'étoile brillait au zénith d'un éclat merveilleux. En bas, Balkis, couchée dans une litière de pourpre et d'or, était petite et brillante comme l'étoile.

Balthasar se sentait attiré vers elle par une force terrible. Pourtant, il détourna la tête en un effort désespéré et, levant les yeux, il revit l'étoile. Alors l'étoile parla et dit :

« Gloire à Dieu dans les cieux et paix sur la terre aux hommes de bonne volonté !

« Prends une mesure de myrrhe,
doux roi Balthasar, et suis-moi. Je te
conduirai aux pieds du petit enfant qui
vient de naître dans une étable, entre
l'âne et le bœuf.

« Et ce petit enfant est le roi des
rois.

« Il consolera ceux qui veulent être
consolés.

« Il t'appelle à lui, ô toi, Balthasar,
dont l'âme est aussi obscure que le
visage, mais dont le cœur est simple
comme celui d'un enfant.

« Il t'a choisi parce que tu as souf-
fert, et il te donnera la richesse, la
joie et l'amour.

« Il te dira : sois pauvre avec allé-
gresse ; c'est là la richesse véritable.
Il te dira encore : la véritable joie est
dans le renoncement à la joie. Aime-
moi, et n'aime les créatures qu'en
moi, car seul je suis l'amour. »

A ces mots, une paix divine se ré-
pandit comme une lumière sur le visage
sombre du roi.

Balthasar, ravi, écoutait l'étoile. Et
il se sentait devenir un homme nou-

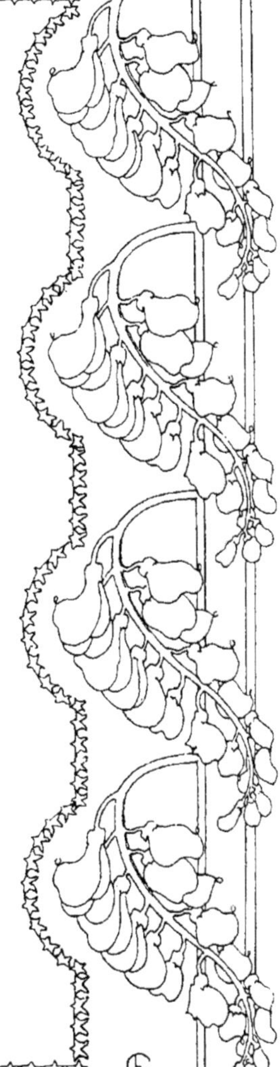

veau. Sembobitis et Menkéra, prosternés le front contre la pierre, adoraient
à son côté.

La reine Balkis observait Balthasar.
Elle comprit qu'il n'y aurait plus jamais
d'amour pour elle dans ce cœur rem-
pli par l'amour divin. Elle pâlit de dé-
pit et donna l'ordre à la caravane de
retourner immédiatement au pays de
Saba.

Quand l'étoile eut cessé de parler, le
roi et ses deux compagnons descendi-
rent de la tour. Puis, ayant préparé
une mesure de myrrhe, ils formèrent
une caravane et s'en allèrent où les
conduisait l'étoile.

Ils voyagèrent longtemps par des
contrées inconnues, et l'étoile mar-
chait devant eux.

Un jour, se trouvant à un endroit où
trois chemins se rencontraient, ils
virent deux rois qui s'avançaient avec
une suite nombreuse. L'un était jeune
et blanc de visage. Il salua Balthasar
et lui dit :

« Je me nomme Gaspar, je suis roi
et je vais porter de l'or en présent

à l'enfant qui vient de naître dans Bethléem de Juda. »

Le second roi s'avança à son tour. C'était un vieillard dont la barbe blanche couvrait la poitrine.

« Je me nomme Melchior, dit-il, je suis roi et je vais porter de l'encens à l'enfant divin qui vient enseigner la vérité aux hommes.

— J'y vais comme vous, répondit Balthasar; j'ai vaincu ma luxure, c'est pourquoi l'étoile m'a parlé.

— Moi, dit Melchior, j'ai vaincu mon orgueil, et c'est pourquoi j'ai été appelé.

— Moi, dit Gaspar, j'ai vaincu ma cruauté, c'est pourquoi je vais avec vous. »

Et les trois mages continuèrent ensemble leur voyage.

L'étoile qu'ils avaient vue en Orient les précédait jusqu'à ce que, venant au-dessus du lieu où était l'enfant, elle s'y arrêta.

Or, en voyant l'étoile s'arrêter, ils se réjouirent d'une grande joie.

Et, entrant dans la maison, ils trou-

vèrent l'enfant avec Marie, sa mère,
et, se prosternant, ils l'adorèrent. Et,
ouvrant leurs trésors, ils lui offrirent
de l'or, de l'encens et de la myrrhe,
ainsi qu'il est dit dans l'Évangile.

38

PARIS

IMPRIMERIE GÉNÉRALE LAHURE

9, RUE DE FLEURUS, 9